约等于故乡

牧风 著

长江出版传媒
长江文艺出版社

目　录

第五辑　大雪覆盖的村庄

第六辑　约等于故乡

第七辑　有女子渡河而去，回来已是一生的客人

第一辑
一只鹧鸪，替我忍住哭声

摔碎的相框

谁能把那啪的一声捡起来
谁能把那名字捡起来
谁能把照片里那个疼了你一辈子的人
一片一片捡起来
谁能把疼捡起来

那个人仍一脸笑容
慈祥的母亲
再一次原谅了你在人世的莽撞和过失

一张老照片

柜子里，那件褪了色的旧棉袄一直为你活着
这么多年了。照片中的你还那么拘谨，不苟言笑
也从不回头看我，遥远得近在眼前
而我就站在你侧面，很久了

等你开口，叫我

清明祭母

回来。远远地喊一声：姆妈。谁来应答
谁点燃灯盏，披衣为我打开那扇熟悉的木门

星光下，那堆低矮的土丘，像你弯腰时的背影
虫鸣声起。一只鹧鸪，替我忍住哭声

零花布

从母亲身上剪下
缝补在姐姐衬衣上的
一块零花布　母亲又把它
缝在我破了洞的裤子上
这不是缺憾的缺憾　我要学会
懂得艰辛

无法穿它的时候　抛弃是必然的
但母亲又把它缝到了自己的
肩上　这块原本从母亲身上剪下的
一块零花布　重又回到母亲身上

仿佛某种契约　经历了多少人间冷暖后
岁月　又趴在了母亲的肩头

三　次

三公里的路她脱了三次衣服：
一次是在王河村，一次是在夏家湾
一次是在欧家台。就像她一生中的
三次生育。三次撕心裂肺的疼痛
三次疼痛之后的幸福与满足
七十岁的母亲，要去镇上给我弹制棉被
载着十二斤新棉的旧三轮车
把一条路走得颠颠簸簸

雪下得更猛了
我一片狼藉

母亲只是搬一次家

母亲只是把自己从我们的生活里搬出去

从我们的叫喊声里搬出去

从我们的目光里搬出去

从我们的饭桌边搬出去

从我们的眼泪里搬出去

从岁月里搬出去

和我们相依为命的母亲　搬去了

另外一个村庄

那个村庄里有她的一些亲人和邻居

那个村庄在后坡上离我们很近

也很遥远

她什么也没带只穿了一身她平常喜欢穿的

褪了色的对襟袄和一条灯芯绒的裤子

和一身的病疼

我们再也无法把她

喊回来

放　下

再也不用起早摸黑

给我炒上学前的那碗油盐饭

在昏暗的油灯下缝补我破了洞的裤子

放下门后那把锄头

放下那只割猪草的箩

放下屋前三亩六分的地

放下河边那根洗衣用的木棒槌

墙上　挂着她多年前的一张黑白照片

娘

留一个笑脸在人间

刀　口

你只是睡去了
我看见你肚子上
小时候指给我看的那道长长的
刀口　现在已是深褐色
但还是那么的清晰　像一道闪电
我知道你不会喊疼甚或呻吟一声
你说我是你身上掉下的一块肉
那么就让我死后　埋在
那道深深的刀口里　把我还给你

情 节

小学生作文里写道
打碎花瓶
妈妈拿鸡毛掸追赶
好朋友大叫
跑啊你妈要抓住你啦
我不敢回头
这一跑却是三十年
停下来再回头看
追赶的是风
母亲已在山冈上长眠
伸不出一只手来
抓住我

小河上

几根木头漂浮在水面
显得几分轻浮
载着 1975 年和一个嬉水的
裸体的少年
女人在岸上踉跄着追赶
一边急切地呼唤着少年的乳名
喊不住的河水　一个浪将少年掩藏
等女人扑向水中

一根横漂过来的木头
救起记忆

长长的夜

暗淡的星光下
瘦弱的母亲　脚步匆匆
生病的我趴在母亲背上
一声咳嗽像一块沉重的石头
她的心里溅起多少焦虑的水花
夜多么的静谧　我感到
母亲身上的汗水在将我渗透
这是 1971 年的某深夜　河堤
母亲背着我　走在长长的夜里

长长的夜　将一朵渔火养活

娘还在

打猪草的镰　刀口是薄了
那口被火焰舔过的锅底显得更黑
灶台斑驳　裂开的缝隙
任凭蚂蚁们进进出出
拍打过稻禾的连枷　断了的
三根竹齿再也找不到踪影
只有屋后十二亩五分的地没少一分

母亲被蚌壳划伤了脚
她身边的稻草人还站在空空的田里
一头被风吹乱了的白发
几颗松动的牙　早年的一块旧疤痕
风湿　白内障　胃溃疡

疼还在
低矮屋檐下我的娘还在

喊

站在屋檐下的母亲
左手执灯　右手
拢成半圆形掩住小小火焰
挡住吹过来的风
喊我——

一声声　喊疼窗前那朵桃花
喊住门前那条小河
静止下来的村庄
让母亲的喊声显得那么的
温暖和清晰

你在好远的地方都能听到
你在好多年以后都能听到啊

晚炊的母亲

弓着背　几乎是跪着把头伸向灶口
鼓着的腮帮一起一伏
木柴潮湿　从灶口洇出的炊烟
因来不及回避狠狠地呛了她一口
流泪　咳嗽　嘀咕着
直到灶火砰地腾起
直到父亲划一根火柴点亮灯盏
熄灭的灶膛仍濡着几朵火星

扎

母亲把晚秋还来不及炸开的棉桃
摘回　一筐筐倒在竹席上掰着
暗淡的灯光照着她疲惫的脸

夜渐渐深了　母亲一边忙碌一边说
我睡的时候你就用这竹签
在我腿上扎一下　起初我不敢
母亲便骂我没出息

那晚我不知道自己在母亲腿上
扎了多少次　只记得每扎一下
母亲就一惊　醒了　然后对我笑笑
扎着扎着我也就迷糊着睡去

醒来　那根短短的竹签
已断在记忆里无法拔除

省

母亲把火柴放在枕头底下捂着
怕乡村潮湿的天气
怕不懂事的小孩偷出去玩火
摸黑收工回来　先点燃灯盏
再把柴放在灯上点着塞进灶膛
这样可以节省一根火柴
乡村日子长着呢
把一瓢米汤省给圈里的猪
把一苑草省给羊
把一粒亮光省给走夜路的人

省了一生的母亲
没穿上几件好衣裳
没吃上一顿好饭
就连自家枣树上的几粒好枣
都拿到镇上换了油盐钱

她一生中唯独没有省的
是那一脸的笑容

熬糖的母亲

母亲在地窖掏着红薯
一颗一颗　宛若从记忆里掏着往事
红薯表面有些已发芽了
新鲜的还没失去水分
她把红薯洗净　切成薄片熬糖
木柴送进灶口
红薯在锅里翻滚着
仿佛要死死地熬出自己骨头里
仅剩的一点糖
就像干瘪的乳房　再也
挤不出半滴乳汁

直到灶火熄灭
直到撒落在地上的碎糖块被蚂蚁们
干净地搬回家　母亲才
吹灭灯盏安心地睡去

低一些

低一些　再低一些
你就看见那些微小的
进进出出匆匆忙忙的蚂蚁
似乎不知道疲倦和叹息
不知道自己微小的生命
随时都将会熄灭
即使一场零星小雨
一块突然飞来的土坷垃
甚至来不及喊一声疼
就淹没在泥土里了
那么的悄无声息

它们抬头的时候　头顶上
总是举着比自己重多少倍的物体
在凸凹不平的土路上艰难地行走
却从不愿放弃

它们走进房檐低矮安身立命的家
如果一个熟悉的身影突然
背转过身来　我会情不自禁地
喊一声：娘

一杆秤

娘每天都起那么早时钟一样
韭菜扎成一把一把篙草心扎成一把一把
豆角扎成一把一把南瓜藤扎成一把一把
不带一点泥土不含一片草叶
秤钩挂在扁担上　动身前
再加上一把
几十斤的担子压在肩头　要穿过
钱沟村王河村湖口村白羊脑村
赶到镇子　喘一口气
却感觉不到生活的压力

而今　六十七岁的娘
挑不动这么重的担子了
黄瓜减少了茄子减少了
辣椒减少了胖墩墩的南瓜减少了
筐子换成了篮子
十来里的路　篮子从左手换到右手
不知要换多少次　热闹的市场上
裹着头巾蹲在菜篮子旁的
看上去都像我从乡下赶来的娘

夜深了　娘低头理着手中的青菜
背后　一杆挂在墙上的秤
仍在和岁月斤斤计较

母亲的一件粗大布衣裳

一件粗大布衣裳
包裹着母亲羸弱的身子
包裹着母亲身子里的病痛
一件粗大布衣裳
已洗得发白　肩头两块显眼的补丁
一层一层　像两块岁月的痂

小时候　母亲怕我冷
脱下穿到我身上
衣裳那么大　那么大
我说还在她肚子里
母亲就笑就把我捂在她怀里
就像我真的还在
她肚子里一样

被撕去了的襟角　包扎过早年的
一次伤口　抑或父亲的
我不知道也无从知晓
留下了一块永久的痛

多少年了　母亲舍不得丢弃

仍穿在身上
那粒缺损了一半的扣子
只剩下两个穿针线的扣眼
已扣不紧骨质增生　肺炎　咳嗽

刚洗过的粗大布衣裳晾在树枝上
湿重的衣服将树枝压弯
一滴一滴淌下的水
含着盐

母亲只是消逝了一会儿

挨着母亲坐下，听她唠叨
仿佛有说不完的话
伤心处还落下几滴浑浊的泪
夜深了，没有停止的意思
偶尔一阵风吹过，油灯晃了晃
熄灭了。什么也看不见
她突然停止说话
那一刻好静，静得人心里有些不安

重新点燃灯盏
我摸了摸那张越来越枯瘦的脸，是真实的
哦，还好，母亲只是消逝了一会儿

放　生

母亲把一尾鱼放进了四湖河。她说，我小，顽皮
走失的魂会换回来的

离家二十四年，她笑着骂我
这畜生当是佛堂里的一只木鱼，在尘世放生

我回来，她却把自己在另一个世界放生了
只留下故乡

拜 佛

佛前。娘跪着，头叩在地上很久了
我在后面跪下来，学她的样子，拜娘

那时我还小
还不懂人间事

户 口

没有了人世间的户口，而我仍保留着那一张
户口页。页面有些皱褶，您夹在我们中间

夜晚听不到您的咳嗽声
也听不到喊疼，血压平稳
让人感觉有些慌张

和往常一样，儿子像两只调皮的萤火虫
照亮木头的窗

随手翻了翻户口本，那页纸还在
您哪儿都没去，一家人还在一起

庙　宇

你来到这人间
注定是一座行走的庙宇
带我入世，修行
我却不是一个虔诚的信教徒
让你费尽周折

从少女时代到暮年
嶙峋，瘦骨，弱小，蓬乱的发
身体被岁月剥蚀得厉害
仿佛年久失修
而我一个乡村三流的小木匠
笨拙的手艺
无法将你修复

如今你走了，娘
用我这副尘世的肉身
为你重建一座庙宇

姆　妈

1

低矮的坟冢
人世间一包最苦味的中药
姆妈　我跪着含泪喝下

2

陪您聊天
谈到生活的苦
日子的难
身体的病与疼

临了　声音有些微颤
您说还不想死
您热爱这人间　姆妈

3

天亮了　您没有醒

床头那盏灯还亮着
一阵风吹来　摇摇晃晃
带着尘世的慌乱

4

您安静地睡了
像小时候的我　睡在摇篮里
回到生命的最初

5

睡吧　不吵您
您醒来一定会去到地里
把那些还未完全炸开的棉桃摘回来
晚上　边剥桃边想我们

一生好短
夜好长　姆妈

6

您不醒来
忍冬花不开

7

被蚂蚁咬
挠几下就好了
您把蚂蚁小心地掸掉

您说
这只苦行僧的命比我们人苦
而您把自己心里的苦都熬成了糖

8

人间的路
您走了七十四年
泥泞的　陡峭的　坎坷的
平坦的　狭窄的　宽阔的
柔软的　坚硬的

没有路的路
是您的路

9

花完七十四年时间
就走了

您回来　我还有半生的光阴
咱娘俩一起花

10

舅来了姨来了
我们围着您　一棵草
从夜色中救出几声虫鸣

您没有离开
还在我们中间　姆妈
平静地听我们说着往昔

11

二十四年　二十四次含泪送我离开
一千八百里外
每天又默默地盼我回来

这一生　我只送您一次
却不知您去多远
什么时候才能把您盼回来

12

这辈子只抱过您一次
也是最后一次

一捧骨灰　让我掂量
您的轻与重
苦与乐
疼与痛

13

小时候听到那扇木门　吱呀一声
您就知道是我回来了

一块沉重的石碑　谁能把它推开
我的姆妈就回来了

14

1979 年　夏
一堵倒塌的墙
压在您腿上
多少年了
十七针针线的印痕还隐约可见

姆妈　岁月在您身上留下了多少
生活的文身

　　15

跪在蒲团上
您是一尊寺院的佛

走出寺院
您是一尊人间的佛

如今您走了　姆妈
您是我此生怎么也跪拜不够的佛

　　16

长野草　野麦子　荆棘
长拇指般大小的苦瓜和地米菜
长偶尔落在地里的辣椒籽和黄瓜籽
这里低洼　常年潮湿
有各种虫鸣

我的姆妈躺在这里
这堆低矮的土丘　是我的故乡

第二辑

以倒叙的方式，开始怀念

典　当

几条通向田野的弯曲小路
和屋后那三亩六分的薄地　加上
一场春雨一池塘的蛙鸣
这些　全都当给你
如果不够　还有
挂在墙上的镰刀　蓑衣　锄
牛栏里的铁犁以及
几缕吹黄稻谷的秋风
和那一场铺天盖地的瑞雪
这些全都当给你

我只想当回我长眠山冈的
父亲　那一声沉重的咳嗽

侧　面

暗淡的灯光
照着你半张脸
你仿佛活在生活的侧面

话只说半句
走路总靠右边
看人也不多瞧一眼
和邻居相连的菜地
总把自己的多空出几寸
把牛嘴的笼头扎得紧紧
犁田的时候
怕它吃了人家的稻禾
小孩子不听话
手举在半空
却从不落下来

五十多岁的人了
还活得那么的拘谨那么的小心翼翼
像一株庄稼　一生站在泥土里
一盏油灯　比你亮

活　着

我每年都要回来一次
村里　每年都会少几个人
他们中有老人小孩也有中年人
一阵叹息过后　父亲说

活着的人得好好活着
好好活着　冬眠后的青蛙活着
田埂上那位稻草人活着
已不能下地干活的瘸腿老牛活着
老村长活着

我庆幸我的父亲母亲
还健在
他们闲不住　一早就去了地头
把几亩地里打下的粮食挑回来
把菜园的红薯挑回来

晚上　和父亲坐在一条长凳上
我怕哪天他突然抽身走了
凳子失去平衡
会将我摔倒

一场雨

父亲的手裂开了心裂开了
和他脚下的土地一起
那朵雨云呢那片雨云呢
怀孕的种子在喊渴
瘦弱的秧苗在喊渴
老牛把头埋在
那捧快要干涸的泥浆里
坐在树荫下的女人
乳头挤不出半滴奶水
怀里哭闹的孩子
让母亲揪心　一脸的无奈
夜里　父亲恨不得灯光
也变成水流进地里

3 月 24 日　广州　一场大雨
将我淋透　我恨老天恨这场雨
落在了我的身上
是多么的浪费
北方干旱的土地多么需要
一场淋漓的雨水啊

我仿佛看见　遥远的乡下
去十八里外的小水塘背水的父亲
他的背上　那只黑色的水桶
多像一朵积雨云

在佛山某排档吃藕

监利　洞庭湖边一个小小的县城
它像一只藕
鲜嫩地长在我的心里
这是我在佛山某排档吃藕时
偶尔想到的一个比喻

这吃根的植物　饱含乳汁
且被一些丝丝缕缕的东西牵扯着
血脉相连
我想起小时候　冬天
父亲高卷的裤腿
赤脚踩在泥塘抠藕的情景
冻得岸上的我直掉泪

多年后　我在南方某个窗下的夜晚
从记忆的泥塘中
把父亲弯腰的背影
狠狠地抠出来

数丢了

两岁的儿子　饭桌上
总喜欢坐在老父亲的腿上
数数

一　二　三　四
每一次数都不忘加上他自己
而每一次数
都数得我心惊肉跳
他总要把老父亲数丢
把 70 岁的老父亲彻彻底底地
数丢了　不管怎样提醒
他也记不住
而老父亲只是和蔼地笑一笑

两年后　儿子真的把老父亲
数丢了　就在老父亲离世的那一刻
儿子似乎才突然明白　少了一个数
少了一个人
可再怎么加　也加不上了

拧挂钟发条的父亲

一只老式挂钟花光了他一辈子时间
剩余的一点也将被挥霍掉

父亲松开自己
让发条慢慢退回记忆

像一粒盐回到一滴水
像一块伤疤回到疼

叫　唤

父亲再也不会醒来　一瓢磨镰的水
被鸡打翻　留下一小片潮湿
祖母躺在镇医院的病床上
断了楔子的木锅盖掩盖了真相
滴水的喷雾器　如某个
吞吞吐吐的人欲言又止
母亲掌灯　在地上找寻他胸襟前
丢失的那枚白纽扣
灯光多么慌张
这样的坏天气这样的夜晚
青蛙们一只跟着一只苦苦地
叫唤　它们要把你喊回人间

一首诗

写一首诗　让父亲活在里面
不加标点　那条小路会平坦些
尔后看他反剪双手　从开头走到
结尾　再折回来　如此往返

三点水的偏旁
是一条干净的小河　河边
草字头上的草很茂盛
写几只羊和兔　给他喂养
把那张他扶了一辈子的犁铧
还有那根扁担
放在意象之外　让他找不着
生活曾压折过他的腰
把他体内的病痛和伤疤藏在
隐喻里　寂寞的时候就去
搬动一个象声词
弄出声响

让他过简单的生活　然后
以倒叙的方式开始怀念

儿　子

父亲　你也来做一次我的儿子
让你坐回我的肩头

我让你半夜发一次高烧
好背你去二十里外的乡卫生院
我要让你多读书
给你所在的黄歇口镇中学
送过去三年的大米
家里最值钱的东西就那头牛了
是留着你上大学的费用　这些都曾是你给过我的
你逃学　我会重重地扇你几巴掌
再背着你我把自己的脸也狠狠地抽肿

等还完这些债务
我要让你哭着赖在岁月的肩头不肯下来

隐　忍

他一直隐忍着　好多话压在舌头底下
仿佛偏房里的石磨紧紧咬着时光不肯吐出来
一粒米　灶台边坛子里的咸泡菜
屋檐下的萝卜干　嚼菜根　苦
日子就这么磨着牙过来了
小腿上　一块泥巴下的伤口早已结痂
偶尔从墙缝钻出一两只觅食的蚂蚁
有谁听到过它们的叹息　哪怕是
极轻微的一声　白露重了
父亲坐在坡上　把一块石头焐热

父亲，扶着母亲出门

夜。静谧。漆黑。父亲
左手揿亮缺电的手电筒
右手扶着咳嗽的母亲小心地迈出门槛
他们小声说着些什么
相携的晚年像手中微弱的灯光
所剩无几。道路高低不平
父亲腾不出一只手来扯起
左肩滑落一半的衣服
母亲仍在不着边际地唠叨纠缠于往日琐事
病。缺系的篓。旧衣衫。泥灶边的酱坛
找不回早年缺掉的一颗牙齿
而父亲，沉默像他抚摸了一生的庄稼

母亲的咳嗽越来越深
偶有什么响动，父亲将光束射向远处
一如电影拷贝
他们青年或中年时代的所有悲喜情节
无法在黑夜的天幕投影
回忆于他们已无足轻重

夜越来越黑，父亲扶着母亲

借着微弱的灯光

他们要走完这最后一段路程

一片亮瓦

父亲凑到母亲耳边　悄悄
说了些什么　我不知道
总之　外面的雨说停就停了
挂在檐下的最后一滴雨水
被风吹落　鸡逐拥着跑出户外
抢食钻出地面的蚯蚓
屋脊上　那片被雨水洗白的亮瓦
使整个屋子亮堂起来

爱 情

父亲和母亲坐在屋檐下

下午的村庄空空荡荡

一生的忙碌　艰辛　操劳

此刻　被洒落在身上的阳光覆盖

几根歪斜的木柱子

支撑着两条细细的黑色电线

从他们头顶穿过　回忆

如电线里的电流　点亮他们的爱情

相濡以沫　没有任何的秘密可言

除了磕磕碰碰　而更多的是沉默

他们互相抓紧对方的手

仿佛两个溺水的人抓住自己命中的稻草

两个平凡的人

从五十年前的某一天开始

漫长的岁月　一厘米一厘米地爱过来

像饭桌边瓷花碗上的一对鸳鸯

简单　粗糙　温馨　脆弱

被他们小心地捧在手里　呵护一生

依　据

父亲不在了　母亲不在了
除了那栋破旧的老房子
两堆矮矮的土丘
是我回家的唯一依据

在广州　一个叫贤江的城中村
18 年　一个没有故乡的人
像生活在乱石缝里的一只蟋蟀
一场突如其来的雨
即使躲避　也是在别人的屋檐下

隔着 1800 里路的烟雨和山水
每夜　我要用手中的笔
清理两堆土丘上的荆棘和疯长的荒草
用一粒粒汉字的土
给父母
培坟

我要好好保留回家的依据
不让自己成为这个世界的孤儿

第三辑

一只蟋蟀，
在岁月的深处鸣叫

亲人们

犁田插秧的人在小河里摸鱼虾的人
被风吹走了草帽拼命追赶着的人
远远地互相对骂着的人
他们是我的亲人

在灯下纺线的人搓麻绳的人
躺在床上咳嗽的人
睡在坟墓里的人
他们是我的亲人

母亲转身从厨房掏出土罐里的盐粒
随手撒在了被镰割伤的手指上

乡村木匠

乡村木匠　一个谨小慎微的人
所有陈年往事只能从一只有裂缝的
墨斗里牵扯出来
我曾为他搬运过的长木凳
沉重且遭遇过无数次的刀刻斧凿
一直横陈在我的记忆中
已蒙尘多年　再也无人动过
就像他至死不肯向谁去释怀
和寡妇陈的一次偶遇　但毋庸置疑
那把几乎看不清刻度的木尺自有分寸
在我的村庄　失窃的树苗失了又栽
他记不清自己栽过多少次了
一生伤害过多少树木　他说权当还债

一把斧子入木三分　有谁能
从记忆中拔出来　敲一敲墙角的铧犁
我听见赫咻赫咻的斧锯声

破伤风

偶尔地瞥见，镰刀上
一个长满斑斑锈迹的名字，仿佛掉落
草丛的一根针，被岁月紧紧掩埋
某天突然被它刺到
李铁匠
让人从寡妇床上拉起，打断了胳膊
唾沫浇灭了他一炉旺盛的火苗
巴掌大的村庄再也听不到
锻击声。"他死于一场
破伤风"
父亲平静地说，但又含着些许无奈
他用拇指试了试刃口
缺口的镰刀，仍不失
多年前的锋利

弹棉花的人

飞出去的棉花　又将它

弹回来　蓬松松的棉仿佛看得见

丝丝的暖意　穿过细竹竿头的棉线

来来回回丢给对面的女人

掐断　压在被面上

一条条条分缕析

不像外面正落着的凌乱的雨

从洪湖　沔阳到监利

两个把生活背在背上的人

仿佛两朵移动的棉花

互相温暖　天色暗下来

女人掌灯　男人掏出染色棉

在被子的一角落款：蒋

并写下时间

沿一条条棉的线索

我找到 1978 年 3 月 21 日　阴历

蒋师傅　仍蹲在岁月的一角

像一只萤火虫　发着微弱的光

迁　坟

一堆低矮的土丘

仿佛岁月保鲜的盐　完好无损地

保存着一个久远　陌生又

熟悉的名字　我的祖父

一个未曾谋面的亲人

多年后　没想到我们以一种

意想不到的方式见面

这棵民间的草根

无任何传奇的历史

和故事　一辈子为生所累

像江汉平原地下

所有逝去的亡灵一样

卑微且默默无闻

一把铁锹挖开记忆

我看见了这样惊人的一幕：

棺木早已腐朽　那堆骸骨

弯曲的身体死死抱住一把泥土

省　略

省略了听觉省略了语言
甚至连名字都省略了
躺在一张苇席上
命比纸薄

女儿远嫁他乡
儿子也去了外省打工
一生中　感动不了任何人
连一只温顺的羊
都显示出一副无动于衷的样子

五十三年前
嫁给一副剃头挑子
半夜被丈夫拉起来
去给还剩半口气的万二麻子
烧洗头的水

在小镇活了五十三年
在小镇人的影子里活了五十三年
现在她把自己完全省略了
连同身体

连同命

十六岁就做了母亲　我的姑
六十九年了　就像没活过一样

谷码头

240 米　45 度江堤的斜坡
翻过去是码头的仓库
斜坡上
外婆拉着板车　赶着马
倾斜着身子
看不清她埋住的脸
只听见
不停"驾、驾"的吆喝声
整个身子
一堆力气

直到现在　我还是不忍心
将画面在记忆里定格
怕她稍一停留
会完成她倾斜的
45 度人生

重回谷码头　已不见当年情景
卸下 70 年代的记忆
我如释重负

祖　母

祖母把自己
作为最后一根棉条
纺进穗子里
纺车轻轻咳嗽了一下
线便断了
祖母便断了

这时窗外开始下雪
雪落满我的头顶
我想象那是祖母
在天国种植的
另外一种棉花
我感到温暖

太阳出来后
雪会被太阳的纺车
一根一根抽去
那时祖母就在我的记忆里
蹲成一架纺车
抽我永远也抽不尽的
怀念

一只蟋蟀，在岁月的深处鸣叫

把声音屏蔽，一辈子只和自己交谈
和一盏灯，说一些忽明忽暗的话
孤独，忧伤，疼。一个对生活语无伦次的人
只能用手语自我救赎

我从没喊过你
仿佛你是一个没有姓名、没有称呼的人
包括第三人称。在你肩头
拍一拍。你默认了这种特殊的方式
和命运

一生中，只用三个简单的单韵母
表达对这个世界的恨与爱
像一只蟋蟀，鸣叫在岁月深处

铁匠马

肩椎炎　哮喘　肺炎
再也经不住岁月的敲打了
一把锤子　说出
生活的重

一箱炉火　熄灭在
身体的疤痕
早年锻打的声音
回到　一只淬火的铁盆
每一把镰刀或者
锄头上的铁印：
铁匠马
烙疼记忆

而今　铁匠马老了
他的锋芒
被锈蚀在了最后一把镰刀的
刃里

树荫下

树荫下　一个乡下妇女
旁若无人地撩开衣襟
低着头认真地喂着孩子
还不时地从他嘴里拔出乳头
她怕孩子因贪吃而噎住
偶尔泄下的几滴乳汁
溅在孩子脸上
又用手轻轻去摸

我看不清她转过去的
另半张脸　只觉得
这里空气干净
不含一丝尘埃

大 嫂

一刀下去　多么准确熟练
白净的萝卜一片片厚薄均匀
沾满汁液的左手按紧萝卜
偶尔失手落在地上的一片
偎在她脚边的猫
嗅了嗅　又闭上了眼睛

她弯下腰　双手从盐水桶里一片片捞起
金黄的苇席上　摆放整齐的萝卜
阳光下　闪着盐质的光泽

咬　紧

十八年了　一颗心从未离开过村庄
屋檐下母亲晾的红辣椒　大蒜头
隔年的菜种
墙边　一把铁锹还黏带着新鲜的泥土
吱呀一声关紧的木门
那时　母亲的油灯是村里最亮的

十八年后　我回来
想伸手抱一抱来按我的侄儿
他竟一扭头扑进嫂的怀里
掀开衣襟　紧紧咬住了他母亲的乳头

磨刀人

手执刀片　你磨
丝丝入扣年深日久
铿锵错落的声音
如射向暗夜的一束光带
直透人肺腑

磨刀人
你磨得平岁月
又怎样磨平脚下的坎坷
这是你的不幸
也是你的辉煌
一生都在刃口上生活

肩头　那条岁月的长凳
概括了你的一生

怀念一把二胡

拉出一条路　走吧
一枚竹码
打起　岁月

阳光在弦上踉跄
绷紧的弦上
也尽是坎坷
寒冷的日子
你点燃一粒粒音符
取暖

当有一天
你被自己的弦绊倒
那把二胡
仍为你
站着

乡下，有这么一群人

禾青　美堂　长林　三九——
在乡下　有这么一群人
叫着一些卑微的名字
他们跟在牛尾巴后面挥舞着鞭子
在田埂上修理着小型耕整机
在返青的禾苗上喷洒农药
有人望望天色
一场急雨就要来临
放下手中的活计冲回家抢收一院子的口粮
有人推着一辆堆满稻草的独轮车
吱咯吱咯走回远处的村庄
随手在树上捋一把柳叶揉烂敷到了腿上

夜幕降临　借着微弱的灯光
用盐水清洗伤口
日子就这么过去了
但他们从不曾说出生活中的疼

我乡下的母亲们

吹灯上炕，养儿育女
清洗一家人的菜蔬和衣物
挤干了乳汁、汗水

闲时，三个女人一台戏
聚在一起，家长里短
就把生活的难处放下了

每天做不完的事是你们的
还有这单薄的肉身
病和疼痛

最终把苦日子熬成了糖
老了，就守在灯下
等儿女们回家

岁月的标本

拄拐杖的老人
弯曲的背影　静静地对着夕阳
不知道他在想什么
也不知道他在看什么
背后是无言的村庄
和流水

鸟归巢
炊烟升起
在夕阳和村庄之间　夹着
一枚岁月的标本

约等于

几盏灯，加上几座低矮的房舍，和一条狭窄的街道
约等于黄歜口镇

减除几声虫鸣，减除上游和下游的夏水
约等于一捧荡漾在手心里的小英

陌生的人群，加上陌生的口音，约等于异乡
约等于思念

减除一辆绿皮火车，减除一千公里山水
约等于你凑在耳边一句轻轻的耳语

第四辑

鸟巢，我拇指上
生命永恒的指纹

豌豆巴果

布谷又叫了：豌豆巴果——
在偌大的江汉平原
在人们的心上　梦中　在民谣里
用荆州方言叫
清晰　短促　此起
彼伏

豌豆巴果，割麦插禾——

一只灰色的雀子
让人失眠催人早起磨镰
修理犁轭

——豌豆巴果

我也学着它们叫
把自己也叫成江汉平原上的一只
豌豆巴果

抱　紧

一株狗尾巴草抱紧风声
一座村庄抱紧地名
一朵紫荆花抱紧羞涩
一朵棉花抱紧温暖
一架辘轳抱紧一口干净的井

田鼠抱紧收秋人遗落在坎上的一株玉米
弯弯曲曲的田埂抱紧贫瘠的田亩
一只缺口的瓦罐抱紧病痛
父亲抱紧姓氏

坡上　一堆黄土抱紧一把不烂的骨头

族 谱

作为村史 一本土纸印刷的族谱
除了一个名字延伸着一个名字之外
再也看不到什么 每个名字
都埋葬着一个渺小的灵魂
作为他们唯一的遗产传承下来
除了抚摸那些棱角 你无法
想象与之相应的音容
也无法去评说一个人的长短与过失
一条早年的人工河
沉淀了他们身上所有的汗味与盐粒

靠近他们 我只能蹲在岁月的尾页
以此来垫高他们的辈分

鸟　巢

把家安置在高高的树杈上
在大李村　它们瘦弱的身影掠过
平原落日下的最后一座村庄
掠过父亲的头顶　口衔粮食
喂养儿孙

方圆百里　一双翅膀飞不过
无边际的稻田
一次次内心的挣扎　却从没想到
要放弃脚下这块　播种小麦和
水稻大豆高粱棉花的土地
一生中　只把村庄里
那些进进出出的人　认做亲人

回到简陋　温馨　安宁的家
一枚小小鸟巢
是我拇指上　生命永恒的指纹

瓢

突然地瞥见　水缸里的那只瓢
浮在生活的水面　不动声色
上面有母亲缝合过的痕迹
我想起多年前父亲的一个举动
差点让它从记忆里彻底消失掉
作为岁月的佐证　母亲还是保留了下来
父亲咳嗽着迈进门槛　卸下担子
一瓢水一饮而尽　如久旱的禾苗
"拧不过岁月"　他时常这样地感叹

这时太阳渐渐偏西　我看见一束阳光
从瓦缝穿过父亲的肩头落在了水瓢上
有风从门缝吹进来　摇晃的水瓢
咬住时光的一角　沉浮一生
又慢慢复归于平静

陷

雨后的乡村土路　一辆拖拉机
深陷其中　深陷在女人的埋怨里
满满一车沉沉的粮食
女人找来些碎砖块塞在轮胎底下
拖拉机吃力地爬着
离镇上的粮站还远
干湿　色泽　等级
严肃的检查员丢几粒谷子在嘴里
慢慢咬着　仿佛要咬出
风里的水分

如今那辆拖拉机还陷在
我的记忆里　挣扎着气喘吁吁

老水牛

躺下时总要先跪下前腿
这感动我的唯一动作　长久以来
一直让我愧疚不已
"泥水里没一身干净的皮"
父亲心疼地说
我们何曾抚摸过它身上的鞭痕
一生被一只犁轭羁绊
生活再苦也是咀嚼着过

低着头走路以草果腹　对土地
眼里总怀着一颗感恩的泪滴

绊根子草

我不想过分渲染那个早已远逝的年代
对于生活父辈们有权选择：热爱
趁夜色从挖河工地回家
冒雨抢收公社的口粮
打捞冰窟下陷在淤泥里的水泵
一些细微的事情在他们看来是那么的
简单　就像绊根子草
在江汉平原以南
这随处可见的草本植物　隐忍　互相牵扯着
构成我体内庞大的动脉系统
母亲们被绊根子草绊倒　咬着牙
爬起来　她们不想把日子过得
那么的深刻
嚼一棵绊根子草的根
我品尝了它微苦中的甜

还 给

把风还给一棵瘦弱的草
把草还给一只饥饿的羊
把羊还给山坡
把山坡还给站在坡上眺望的那个人

把那个人还给坡下的村庄
把村庄还给那间低矮的土房子
把土房子还给母亲
把母亲还给那盏昏暗的油灯
把油灯还给夜
把夜还给那架旧纺车

把纺车还给岁月
把岁月还给命运
把命运还给土地
一代一代人　仿佛长长的
扯不断的棉线　紧紧
纠缠在母亲的棉穗上

一只羊

河对岸　布谷一声声地啼叫
渡河而去的人已没了消息
静卧水面的船　像一只卦

天暗了下来　从村头到村尾
羊低着头　穿越了自己短暂的一生

缓　慢

流水是缓慢的
水面上漂浮着一件谁丢失的衣裳
老水牛的步子是缓慢的
留在田埂的蹄印是那么的深刻
日子是缓慢的
等待收割的季节让人焦急
花开是缓慢的
要出嫁的女儿在村头望了又望
门帘上　大红的对联
在缓慢中褪了颜色
因为缓慢　父亲和母亲
每天　多了一份磕磕碰碰

磕磕碰碰中　几十年就过去了
背就驼了头发就白了
他们把积蓄了一生的幸福
留在了村庄
就像他们的被窝　伸手就能摸到
他们的体温

土　豆

一刀一刀小心地切开　土豆
每一只要切成四五块
每瓣土豆上都长着一枚白嫩的豆苗
母亲把它们埋进地里
用土覆盖好
除了母亲　没有人能感觉到它们的疼
没有人知道它们在地里
用泥土治疗伤口

它们的身旁开始长出来一只土豆　两只土豆
到互相挤在一起的一窝土豆
就像我和弟挤在父母的被窝里一样
就像各家的孩子
挤在自己父母的被窝里一样

有一天我们也会长大也会和它们一样
被切开被埋进土里　就这样
反复被人记起又忘记　就这样生生不息

秋风辞

一

镰刀，一块好铁。锯齿状的刃口是它最锋利的部分
割稻禾，偶尔伤到自己。所有的恨与爱都在连枷上
进出厨房。陶罐。那把小小的勺，理解盐的深刻
岁月比线长。像窄窄的田埂没个尽头
千层底的鞋面打上最后一个结，一口针
藏起锋芒。我看到门后的扁担
一件早年的的确良衬衫，肩头是最早磨损的部分
用布条拴在裤腰带上的钥匙，打开命
摇篮里，小弟睡得像下弦月。父亲卸下犁轭
挂在牛棚上的马灯。母亲看到人间光明

二

最后一块坡地在稻草人手中失守
走廊上准备过冬的木柴码放整齐
青蛙进入冬眠。祖父把藏在箱底的毛衣
添在了身上。骨质增生。肺炎。风湿
疼。痛。呻吟。咳嗽。渴。他晚年的幸福

来自手中端不稳的一碗红糖水

秋风乍起。曾在坟上给别人点灯的人
此刻，自己的坟头也亮起了一盏灯

卧在坟地边的一头牛

横卧在坟地边，反刍着什么
日子，活，天气，鞭影，身后的铁犁
被一根木桩钦定的命运
无法享受方寸之外的葳蕤
草木。抑或
生，死
只隔着一层薄薄的土

其实，于你，这些都是身外事
你不会想这么多，平静得像一碗水

天色暗下来，父亲睡在那片坟地
请替他回家

伤　口

大李村　一个坐落在长江边上的小村子
偶尔闪烁的灯火
加重了它的隐秘　贫寒和疼
没有名字的河流　每一条土路只留下车辙
深刻的痕迹　它的墓地比村庄高
泪水比雨水多　而它的棉花是温暖的
它生长水稻　玉米和小麦的地质
一棵老枣树盘根错节
我的老母亲从没想到　她的命
会跟一个陌生的地名联系在一起

贤江　这座南方大都市里的村庄
它的繁华它的富有它的色彩和神秘
它的马路上如水的车流
她想象漂泊15年的儿子　会在
哪栋写字楼抑或在哪条流水线哪片工地

有雁阵飞过　大李村
贤江村　两个让人疼痛的伤口
被母亲紧紧搂在了怀里

第五辑

大雪覆盖的村庄

故　乡

老水牛不声不响地
站在那里　小牛犊
拱在它肚子下
拼命撕扯着它的乳头
似乎要把它的肚子撕开
吮干它体内的乳汁
饱胀的乳房
瞬间就干瘪了

故乡　是含着一口草
一动不动站在树荫下的
那头老水牛

大李村

去县城的中巴车
车门上　夹着
几声犬吠

回娘家的女儿　带着
流鼻涕的外甥
叩开舅家的门

布谷蹲在窝里
仿佛流产的小媳妇
侧过脸去

院中　几棵苦楝树的花
开得血紫

大李村　像坡上那只
认命的羊　被一根绳索牵扯着
偶尔挣扎一下

大 雪

一场大雪　勾兑
几间灰色的土房子

母亲　一碗滚烫的热水
解冻了井口的冰凌

粮仓里
几只窜来窜去的鼠
眼睛　像几粒秋后的麦种
闪着光

谁捂着领口走在回家的路上
手里拎着几服中药

童年画在墙上的一列火车
正冒着浓烟
吃力地跨过了　一道
时间的裂缝

一只鸟，飞过村庄

一只鸟，驮着一个逝去的灵魂
飞过低矮的村庄

村庄里，有可栖息的屋檐
和温暖的草垛

可嗅一嗅熟悉的烟火气息
米饭的气息
听听婴儿的啼哭
偏坊里，女人转动磨盘的声音
床上，父辈们辗转反侧

傍晚，河水安静下来
一只鸟，还在小村上空盘旋，鸣叫
它要代替谁回到故乡

大雪覆盖的村庄

几声犬吠　仿佛几条雪融后的
细流　渗进空旷的夜

圈里的羊　把头埋在腋下
一动不动地挤在一起
鼻息均匀

睡梦中的婴儿
一只小手　紧捏着
母亲的乳头不放

父亲　披衣起床
吱呀一声转动的门轴
一粒雪　惊慌地打在他脸上

夜深了　大雪覆盖的村庄
是焖在火塘里的一只土豆

水稻田

大李村有我十二亩水稻田
父亲老了　　至今记在我的名下
十多年来我一直没去那翻耕　　栽种
去拔一棵草甚至连看它一眼都没有过
水田里蚂蟥多蝗虫多
青蛙像在喊我　　可我不敢应一声
哪怕极细微的一声
母亲在水田里俯下身子
一只旧斗笠遮住了她的脸
影子倒映在浑浊的水中
栽下那一年又一年的庄稼

当我重回这里
大李村　　以它四千多亩水稻的辽阔
原谅了我的冷漠和无知

布 谷

瘦小的身子　灰色的
羽毛　分不清
是泥土还是枯叶
像一个灰头土脸的乡村少年
急速穿过那片
开阔的坟地

布谷布谷——

它清晰的啼叫
让一颗悬着的心放下了：
睡在母亲怀里的婴儿打着饱嗝

今夜　我的乡村
舒缓安宁

村　庄

把一座村庄搭建在心脏的附近　我想法
简单　我要将它恢复到从前的模样
一间祖屋蜷缩在几栋棱角分明
但并不算破败的房子后面
像一位受了委屈的孩子蹲在墙角
不肯回家　几个小孩在土墙上的小洞穴挑逗
泥蜂误入歧途钻进装有菜花的小药瓶
回栏的牛等不及　将一堆屎拉在
别人家的门前　夜说深就深了
叔父背着旧药箱匆匆往回赶
他已逝去多年　一只手电筒
将他从黑暗中抢救出来

乡村小学

一场小雨之后　原本泥泞的土路
变得更滑　我看见斜挂着的木牌
随时都像要掉下　剥落的油漆
只能凭记忆再重新刻画一次他的全称
黑板上　随着经年的雨水流下来
石灰的痕迹已是很深了
从破损的窗口望出去　水杉
菜花和嚼咀的老水牛还是十多年前的
背景　挂在横梁上的铁钟生满锈斑
无须掩耳盗铃　风吹来
偶尔从屋檐上落下的瓦片
一群惊飞的麻雀早已逃遁得无影无踪

在乡村

积雪从枝头翻落下来
像掰下陈年的苞米
水边浣衣的妹妹
双手放在嘴边哈着热气
饮水的母牛
抬头看了看天
又把头伸进水里
乡村的早晨微寒而干净
雪地上
几只觅食的麻雀
像往事二三
被母亲的一声轻咳惊飞

坐在门前的父亲
一盏黑色的灯
照亮他身后的木门

乡村即景

一辆破损的拖拉机
从凸凹不平的乡村小道上驶过
两三个放学的孩子
悄悄趴在车厢的尾部
看上去　像几块将要落下的木炭
一头惊恐的牛冲到路边的水田
回头望了望　它的身后
扬起漫天灰尘

起伏的菜花　一路追赶而去

一桶水

简陋的乡村小院多么宁静　祥和
一束光柱　从树缝泻下
向水桶里不停地倾注着阳光
站在水桶边沿的一只小鸟
偶尔吸一下水　又飞走了
从田间归来的人
正在桶边清洗被镰割伤的手指

寂寞的乡村生活
直逼那一桶水
它平静　寡淡　但干净

乡村公路上

在凸凹不平的乡村公路

突突突地行驶着一辆

手扶拖拉机　这是乡村唯一的

交通工具　车厢里坐着

一对刚收工回家的中年夫妻

他们紧挨着坐在　几捆稻草上

车颠簸得厉害

丈夫紧紧地搂着妻子

生怕她磕着碰着

路面上几只鸭子被车冲散

车穿过一片成熟的甘蔗林

远处　村庄里的灯火

就一盏一盏地亮了

村庄里

几根粗线条田坎　向远处延伸
几间田螺样低矮的房屋　趴在坡下
落在电线上的燕子
仿佛劳作间隙　小憩的亲人
父亲肩头沉重的枣木犁
河边担水时闪了腰的小妹
傍晚　为驱赶牛栏的蚊蝇
母亲点燃青草下的枯叶
被紧紧包裹在浓烟里

一想起这些　我就忍不住
想哭

气　息

草籽腐烂的气息

田埂上牛尿的气息

场边堆积了一冬的肥料的气息

挂在屋檐下陈年的萝卜干的气息

干辣椒的气息

菜坛子里咸菜的气息

炊烟的气息

手扶拖拉机冒出来的柴油的气息

蚯蚓翻开的新土的气息

草窝里浸种育芽的气息

倒在路旁的中草药的气息

这缠绕　弥漫着的

遥远乡村的生命的气息　经久不散

稻草人

不言语　一生死死地守住几亩稻子
泥里水里穿不了几件像样的衣裳
蚊虫叮咬你痛在心中
一顶旧草帽就遮住了风雨
稻子成熟了
你满怀欣喜地看着它们
被颗粒不剩地收走
而到你嘴的　就是
从惊慌失措的麻雀嘴上掉下的几粒

田野又恢复了平静
仿佛一个忘了回家的人
仍站在空荡荡的坡上
转身的瞬间　我看见你
以为是父亲的背影
有几次差点喊出了口

告诉你，一个叫大李的村子

其实　告不告诉你无所谓
我知道这一生你也不会去那走一趟
对于你　大李村很陌生很遥远
那里没有你的朋友和亲戚
也没有什么好景致
有的都是些穿粗布衣服下水田插秧
上坎就坐地上用斗笠扇风的农民
水田里有讨人厌的蚂蟥
灶背上有驮着饭粒的黑蚂蚁
进进出出一条道
一棵草　就指明了羊的出路

它周边的几个村子
王河村　马家湾　孙小村　双鸣寺村
小河湾村　施家村　新河口村　钱沟村
沟连着沟坎连着坎
女儿带着外甥回娘家
叫声舅叫声爷
青蛙也跟着大声喊
田里的稻子小麦油菜要熟也一起熟
哪家老人过世　抬他上山的

是几个村的年轻人
等他们回到山下
一头的乌发全白了

米粒里的村庄

用记忆放大一粒米
你就看见棱角分明的米粒里
那座小小村庄的脸
那里有丰沛的阳光和雨水
忙忙碌碌的人把稻谷和
麦子一担一担挑回家
秋后　择一个良辰吉日
将新媳妇娶进门
背地里　有人在偷偷抹泪
十五年前掉进水沟的小儿子
也该到娶媳妇的年龄了

一粒米里的村庄
藏着多少人间悲喜　向阳的坡地
早上　埋下我的祖母
晚上一场急雨　又接纳了蚂蚁以及
乡村多少卑微的灵魂
通往村庄土路旁　我看见
一棵被碾压过的草又倔强地抬起了头

一个人的村庄

我的村庄种水稻　大豆　小麦　豌豆　高粱
我不知道兰花草地米菜算不算庄稼
母亲做成菜糊糊养活缺奶的我

我的村庄有麻雀　燕子　乌鸦　喜鹊　布谷　鹧鸪
我不知道知了算不算一种鸟
在茂密的林子里唱响我童年的歌谣

我的村庄养鸡　鸭　鹅　牛　狗　羊　猫　猪
我不知道狗尾巴草算不算家禽
满地满坡快乐地追着风跑

我的村庄有父　母　叔　侄　婶　兄　妹　哥　嫂　爷
我不知道我的干娘算不算我的亲人
她没生育过儿女　着急的时候把奶头塞进我的嘴里
哄我不哭

我的村庄土坡上大大小小的坟冢
埋着99个村人的亡灵66头水牛的白骨
我不知道流落他乡的弹花匠算不算村人中的一员

我的村庄 332 户人家 1741 口人
有人背井离乡　有人落魄摸黑归来
被谁一把紧紧搂在了怀里

跪下来

面向一株稻子跪下来

他瘦弱的身子背负我一生的口粮

行走在风里雨里泥里水里不叫一声苦不喊一声

疼

面向黑暗深处的一盏油灯跪下来

母亲在那盏油灯下生下我

又把我紧紧地贴在她的怀里

面向萎缩在坡下那块巴掌大的村庄跪下来

他低矮屋檐下的星光

他星光下的草丛

他草丛里长鸣着的叫不上名的小虫子

整夜　喊着我的乳名

跪下来　和死死抱住的那棵老枣树一起

哭出声来

勾 兑

几栋老房子，几座低矮的坟冢，几只啃食的羊，一条
　　河流
勾兑一个故乡

几缕炊烟，一架纺车，一盏昏暗的油灯，母亲的背影
勾兑一个家

一阵风，几滴雨水，七分地，一张木质的犁铧
勾兑父亲的一生

刚出生的婴儿，离世的老人，夭折的儿童
他们在笑声和哭声中醒来，又在疼痛里睡去

几只乌鸦，是谁的前身，盘旋着
久久不肯离去

和一头牛站在一起

和一头牛站在一起
我并不比它高大
身子骨还是那么硬朗还是
那么能吃　庞大的身躯
似乎藏着的都是力气
九牛一毛谁都可以随便拔一根
谁都可以骑到它背上
抽一鞭子　不用担心它会伤害你
犁地拉车　走上坡下水田睡简陋的牛棚
身份卑微　从没离开过一亩三分的地
一捧草就是全部的口粮

几十年了　父亲和它形影不离
它的影子里有父亲的身影

村　史

一只鹧鸪蹲在自己窝里。有的蛋已破壳
有的出世前就已夭折。而河的对岸，另一只又在叫了

一辈子相守，耳鬓厮磨
它们有着多么旺盛的繁殖力

蜜　蜂

一千五百二十亩油菜地
一千五百二十亩花香
一千五百二十亩晃眼的阳光和寂静

有人蹲在地头骨头都是疏软的
他们小心翼翼移动着身子
连一朵枯萎了的花瓣都舍不得碰落
每个人心中怀揣一份巨大的喜悦

这一千五百二十亩辽阔的蜜
仿佛母亲的乳房
鼓胀得就要流出来了

手扶拖拉机在地里窜来窜去
像一只蜜蜂

农　事

端起饭碗
便想到了农事
开春了
父亲把许多想法修理

松懈的犁铧
牢牢楔紧
以免犁尖折断在遗憾里
蚀了的镰刀
需重新淬一次火
把墙上锄头打磨铿亮之后
等待走向解冻的土地
……

一粒种子嘟哝了句什么
便从谷仓跳到地上
站稳了

夜间的事物

拖拉机水箱里的水慢慢地冷却下来
蟋蟀的鸣叫
像一股清澈的暗流从墙缝溢出
一只胆大的鼠从鸡舍前跑过
笼子里的鸡张开翅作斗状
纳鞋的母亲用针尖拨亮短短的灯芯
借着流泻的灯光　我看见
斜倚墙角的木柴
紧咬住一把锋利的斧子

窗外　一根细柳枝条和所有的树枝
一起　承受了乡村巨大的寂静

雨　水

几只鸡被困在雨栏里
发情的青蛙在呱呱地唤着
交配的伴侣
月亮的蚂蚁爬过低矮的土墙
燕子的新巢
还带着泥土湿润的气息

一些微小的细节
像黑瓦檐下的雨滴
被干净的瓦罐接住

温良的村庄啊　一捧雨水
便养活一截遗弃的柳枝

温　暖

淤积的河流
斑驳的土墙
一层厚厚的积雪
掩盖了它的真实性

雪　从竹叶上无声地落下
细曲的枝干来回弹了弹
又恢复了它的平静

这是我离开五年后的乡村
推开熟悉的家门
我看见　父母突然愣住的眼神
以及堂屋里那堆燃烧的火盆

等回过神来
我已被迎面涌来的温暖
死死抱住

起风了

青蛙一动不动地蹲着
守住流水的口
泥鳅在水面透了口气
瞬间又消失在水底
草丝从麻雀的嘴里掉下来
几朵乌云在天边
密谋着一场丰沛的雨水
来不及洗去身上的泥渍
野花跟着她一路小跑

起风了　我看见一棵熟悉的草
多么惊慌失措

第六辑

约等于故乡

棉　被

这床棉被　是我从家乡
带来的

盖在身上　可以闻到
棉花的气息　炊烟的气息
以及新禾的气息
沿一根棉线　走进
棉田　和母亲一起
拔草　施肥　松土　除棉铃虫
听虫鸣

被单上　两处补丁像两朵
初开的棉花
仿佛在时常提醒我
棉花长势良好
老家无恙

多少年了　这床棉被就这么
一直伴着我　在异乡
不管天气多么寒冷　盖在身上
会感觉到无比的温暖

小　镇

一条河
像三点水的偏旁
绕着小镇
浅浅地流

几条小巷　连着
一条街道　一个简单的字
横竖就这么几笔画

离镇中心不远的电影院
如弯钩里的一点
我想起早年的黑白电影
和电影里的那场乡村爱情

紧邻小镇的是
马关村　中河村
仿佛小镇的两只口袋
装着几缕炊烟
几声蛙鸣

还有夹在镇中心的

农业银行
能否取出往昔的
旧时光

小镇邮局

虚掩的门　没一个人影

显得有些隐秘

斑驳的邮箱　挂在墙上

在等待谁最后的投递

墙角　不见了那辆沾满泥泞的

绿色邮车　年轻的邮递员

还在记忆中穿行

站在邮局门口

仿佛自己是多年前寄出的一封信

又被岁月退了回来

揉皱的信封　疲惫

尴尬　沾满灰尘

而这栋破败的小镇邮局　一封

永远寄不出去的信

遗落在了岁月的夹缝里

小镇生活

小职员从镇政府出来　口袋里别着
一只永远闪光的自来水笔
在小巷转角处忽的一下就消失了
摇摇晃晃的中巴车
载着三五个人去了县城
谁在急促敲打兽医站的大门
路边早点摊几只煤炉吐着人间烟火
被占去了摊位的骂骂咧咧
农妇刚卖完小菜蘸下口水
旁若无人地清点手中一沓角币
小蟹从鱼篓里跑出来
举着一双钳子　夹疼记忆

这是从前　我生活过的小镇
简陋的投影厅剧情在继续
缺席的空位
埋下了我人生最初的伏笔

小镇史

监利周老嘴到洪湖瞿家湾
曾经的水起之后
已是风平浪静　穿行在
芦苇丛的曾祖父
早在岁月里隐遁
那时分不清谁是土匪　湖水混沌
一只野鸭振翅飞走之后
只留下一湖的死寂
这乱世　这广阔的水域
几只青蛙无法偏安一隅
一如我大爷　刚出生
就成了乱世的祸水
逃进苇丛的曾祖母捂紧他的小嘴
所有的芦苇集体噤声
命硬的三爷被蛇咬到小腿
曾祖父　手起刀落
最终保住了一条小命
这些穿行在波浪里的人
这些失去家谱的人
像湖里的水草　纠缠不清

周老嘴　瞿家湾

江汉平原上的两个小镇

相距 26 公里　离历史并不遥远

我看见　几只惊起的斑鸠

将浩瀚的湖水　慢慢抚平

高河塘

一个笔画就是
一条短而狭窄的小巷子
比一个人的身影长　比一只
手电筒的光旧而短
几辆候客的脚踏三轮车停在树阴里
熟不熟都打个招呼
卖西瓜的叫喊着：甜
街边的炉子飘过来尘世的烟火味
这里没有塘没有河
这里离市区远

高河塘　一个含有水分的地名
什么时候渴了水就会从旁边的缝隙
流出来

山 中

偶尔一两声鸟鸣
几朵云从山谷中升起来

守山的人　一转身
就不见了踪影

小溪深入　浅出
石头压着静

拐弯处一朵菊花　在喊
一只蝴蝶

今夜，荆州，雨夹雪

母亲离世不久。那座空空的祖屋
为我守候着故乡，守候着一个空空的家
如果抵达，我会不会含泪脱口而出，喊一声
娘
会不会有人划亮火柴，点燃灯盏。尔后
颤巍巍地跑进厨房，升起冷却的灶火

一辆 G548 高铁，穿过湖南腹地，穿过我的忧伤
转出租车过长江，突然感到一阵的寒凉
看不见夜幕下远处的村庄

今夜，荆州，雨夹雪

长江边

露出水面的沙滩　仿佛多年前埋下的
伏笔　江水缓慢
吃水很深的船只在记忆中走失
渔翁深陷于鹬蚌相争的传说
不远处　一座泵站紧守住一条
时间的暗道　面对涌起的旋流
你无法揣测它的流速和深度
两个放风筝的人
正慢慢收拢手中的线轴

静坐长江边　身后是喧闹繁忙的县城
身前是不息的长江水　泥沙俱下

黄歇口镇

向东　250 米是镇医院
走廊上一张暗红的木椅　空的
医院旁是旧时的供销社
曾经营过油毡　农膜　铁钉之类
再过去是镇政府的几栋房子

向西　250 米是菜市场和
一所中学　去学校的路上
我曾背着一只破旧的米袋
漏去了一半的米粒　却浑然不觉

之间　是一家农村信用合作社
像夹在母亲鞋样里的一张旧存折
而今已取不出一段少年时的光阴

写给自己的晚年

其实离晚年已不远了
就像去三里外的小镇上
买点可有可无的东西
一只喝茶的杯子
抑或一只养金鱼的玻璃缸
这些不起眼的易碎的小东西
我都紧紧地抓着
怕失手　怕天黑前赶不回家

怕哗的一声　往事碎了一地

约等于故乡

一片粽叶，约等于熟悉的地理
约等于故乡

汨罗在汨罗江上游
你只是遥远乡间一个平凡的老父亲
一个你的、我的、他的，抑或她的
忧愤之中，仿佛我们才是落水的孩子
将我们打捞上岸

故乡有上好的木柴供我们烘烤
有繁体的汉字填充我们饥饿的腹
有母亲可供我们爱

孩子尚在幼年，你却逐水而去
在故乡，粽叶是你的版图
粽是你的坟冢

途中的秘密

除了轰鸣声，一切都那么安静。熟睡的婴儿
空姐捡起滑落的毛毯。远在内陆的朋友
已无法知晓他们的消息。灯光昏暗，两小时零十分钟的
航程，宁波近了。闭目养神的人伸伸懒腰
这是午夜，趴在窗口的孩子一声惊叫：灯火
哦，那是人间

荆州辞

上车的人，偶尔几句寒暄，又回到自己的位置

下车的人，这辈子也许再也无法相逢

雪落荆州，从窗口望出去，除了闪烁的灯火，什么都看
　不见

火车缓缓开动

三分钟短暂的停靠，耗去了我一生的光阴

第七辑

有女子渡河而去，
回来已是一生的客人

河 流

推开水面的浮藻
舀一瓢一瓢的水烧茶煮饭
水是小河水还混杂些细微的泥沙
但并不妨碍取水熬药　在乡村
戏水的孩子
背一身尿液潜进水底
西边偏房传来鸡蛋破壳时的鸣叫声
蛋壳上还黏着血丝
有孕妇双手抱着肚子从河堤上走过
喧闹的河水突然变得安静起来

一条河楔进命里

重回四湖河

河水浅显　几只野鹭在露出水面的河滩
整理羽毛　搁浅的树枝泛着泡沫
岸边　是谁遗弃的一把破损的
旧茶壶　已提不起往事
村庄寂静　年轻人远在他乡寻梦
喊不来摆渡的人　一只舟横在记忆里
我看见舒缓的河水几只鸭暗度陈仓
此时母亲再隔岸喊我一声乳名
我会像儿时那样赤身裸体跳进天堂

从堤面到水面 300 厘米的落差
我心中的四湖河仍保持着多年前的水位

沿河而上

我和父亲　走在河流的上游

河水很浅也很干净

沙滩上一只白鹭单立着腿

深陷在寂静里

父亲不会去注意这些

把扁担　切换到另一个

肩头　继续走着

拧着他的一件旧衣裳一路小跑

水流得好快

父亲走得好快

把我丢在了下游

夏　水

358 公里夏水　我只截取
伍子胥的伍家场作它的上游

河边生长鱼腥草　蒲公英　芦苇的夏水
有清有浊的时候　多少人
渡河而去已不复返　多少人在此折腰
泥沙俱下　它绝不为任何人改变流向

我想起 1976 年　大水
水面上一只白色的水鸟
仿佛一个涉世未深的少年还在命里泅渡

逝　水

一条夏水　葬了多少人
也渡了多少人

有人就着河水清洗伤口
有人独自望着落日下的伍家场
默默无语　有人一生在水里打捞
两手空空最终又依水而眠

此刻　夏水平静
只有母亲灶头那只陶罐里的水
还在咕嘟嘟响

点亮一盏灯

点亮一盏灯　就是夏水的源头
此刻的夏水只有母亲的针线
那样长　而伍家场就是
静卧在母亲怀里的一只猫

母亲在聆听门轴的声响
夜深了　如果父亲还没有回来
一条夏水会忐忑不安

一个人与一条河

一个人坐在夏水边
凝望着远处　默默无语
一个人被涛声淹没

水面上泛滥着发黄的树叶　泡沫与漩涡
夜越来越深了
一条河被一声咳嗽淹没

辽　阔

雾霾散去　正午的夏水　平静　安谧
野浴的女人　白净的身子多么干净
偶尔一声鸟鸣使河水变得恍惚

惊起的飞鹭渐渐远去
一条夏水　瞬间辽阔起来

隐秘的河流

河水曾夺去她小儿的命。母亲担水归来
一枚月亮静静地卧在桶底，炊烟升起
远处的稻田，鹧鸪啼叫。河水又涨了一寸
谁在暮色中转身？有女子渡河而去
回来已是一生的客人

像神龛上的一炷香
夏水，汩汩地流淌在乡村母亲的梦里

纠　缠

像一只飞不远的小麻雀

我一直游走在荒凉的四湖河上

除了几只日渐稀少的布谷鸟

在河边的苇丛里搭窝

一条水蛇急速地沕水而去

爬上浅滩的蚌　偶尔吐出胸中的积水

又紧紧合上了它的硬壳

我的父亲　一个一生勤于耕种的人

临终时嘱咐我

把腐朽了舷帮的船修一修

再刷上三遍桐油

我无颜看一眼岸边　逐渐低矮下去的

那一堆黄土　满是伤痕的船

还保持着当年的模样

仿佛一个落难的人

被再一次推下水

这艘七十年代的旧船只　四湖河

命中注定要和你纠缠一生

苦　胆

四湖河突然闪了下腰

那年冬天　我出生在它多年后

仍然喊疼的地方：大李村

河水一天天变浅

一只水鸟隐身于河滩的芦苇丛中

早年和我一起出生的小牛犊　被水草

缠住脚踝淹死在这里

码头上　石板下的泥土

被流水掏空　成了蟹和虾的天然居所

早起的父亲肩搭毛巾

来到河边洗把脸

母亲剖开鱼肚

醒来的村庄　渺小　隐忍

像掏出的一枚苦胆

不小心弄破的胆汁流进了浑浊的四湖河

第八辑

什么时候才能
还清这份岁月的债务

贤江生活

一口高压锅　增加了我生活的压力
房租　水费以及和一位
河南女孩　生米还未
煮成熟饭的爱情
为了掩饰困窘　我必须用那张旧棉被
捂住一场突如其来的感冒
和疼　掏出被芯里的棉塞紧耳朵
听不见父亲的来电
在贤江　这个南方都市里的小村庄
我学会了过掩耳盗铃的生活
我的房东至今还叫不出我的
名和姓氏　从他的脸上
你感觉不到半点暖意

推开破损的门　拖欠的房租
什么时候才能还清这份岁月的债务

掏

在五金厂
老板狠狠地掏着
我们身体里的时间和力气
掏着智慧　光和财富
他尖刻的眼光
酸薄的言语
像切割机切割下来的边角料
填充进我们的身体
我们体内的空洞
越来越深　越来越难以承受
他贪婪的挖掘

最终　他臃肿的形象
在我们心里
塌方

表兄弟

猫着腰　正忙碌着什么
一大堆钢材
将他　遮遮掩掩
砂浆机不停地和着稀泥
搅拌机大声地吼叫着
而他　无动于衷
弯腰的背影　多像乡下
我的一个远房表兄弟

这时　我喊出一个名字
他站起　似乎没听见我的叫喊
手上提着的一只桶
把他的身子压倾斜
一转弯　大楼的墙角
像一把锋利的刀子
将他瘤子一样狠狠地切除

一公里

一公里，风。一公里，雨
一公里的迷失

一公里很短。从出租屋到工厂
步行，只需八分钟时间
一公里，离艰辛近，离伤风感冒近
离委屈近，离梦近

一公里又很远。离
故乡很远，离亲情很远，离爱情很远
离幸福很远

一公里坚硬的水泥路
一公里的打工生活
我走了十四年，却走得坎坷
一公里，一眼就能望到尽头
却不知前面，还要走多远

路旁，风卷起一些飘零的
纸屑，像早上赶着去打卡的打工人
随手丢弃的坏心情

岳阳火车站

16：12分的火车就要开了
女人踩着男人的肩膀　试图钻进车里
剩下的半截身子留在窗外
用力划拉着腿
左脚上的鞋什么时候已脱落
车窗滑下　把她卡在窗口
卡在1996年的火车北站

时间多么危险
一声汽笛　岳阳是旁观者

指　认

广州黄埔大沙地　某某路某某号
一座半旧的村公所
还站在那里
被时间羁押

200 平方米左右的大厅
满满一屋子互不相识的人
拥挤着　他们是
被半夜突查暂住证的巡逻队
从出租屋揪来的
一群没有身份的人
被人呵斥的人
廉价的人
可疑的人

我蹲在最后的角落
等待岁月指认

一根绳子

似乎发生过什么
似乎什么也没发生过
从遥远的乡下运送到城市的羊
已离场
绳子散乱地扔在一旁
整个事情就这样搁着

草越长越茂盛
几乎被掩盖的绳子
仿佛一只困倦的羊
只一收腿
就会从草丛中站起来

替一只羊活着
赎罪

飞　蛾

一盏白炽灯　仿佛深藏着无数的幸福
无数只飞蛾投奔而来

徘徊的　义无反顾的
被烫伤被折断翅膀甚至来不及喊叫
就把一条命丢在了异乡

我不知道这一群一群的飞蛾中哪一只是我
灯火辉煌处等待着怎样的命运

夜深了　如果灯光突然地熄灭
有谁知道它们此刻的忧伤

打桩的人

打桩的人一寸一寸向下挖着
五米　十米　二十米
他们的希望似乎就藏在地下的某一处

一根井绳紧张地将一桶一桶的泥石
拉上来　连同一桶一桶的失望
从井口望下去　只看到一张
弓着的脊背在执着地抡着手中的
铁镐　微弱的灯光稀释着地底的黑暗

一座大厦拔地而起
有多少挖掘的背影　在地下
承担起一个城市的重量

外乡人

几个外乡人　蹲在一起
猛吸着一支支劣质烟
明灭的烟火　灼疼心事

风打着旋吹着
两个门卫像霜打的茄子
守着一堆用剩的钢材
平时吼叫得厉害的搅拌机
此刻正躲得远远的　一言不发

几只青蛙在水沟里跳来跳去
咕呱地叫着　像在向这城市
讨要自己拖欠已久的工资

蜘　蛛

十八层的大厦　你趴在上面
清洗着粘满灰尘的幕墙
暗色的玻璃将你深深掩藏
我知道你想法简单
为怕冻的母亲买上一台电烤炉
为妻子买一些像样的衣服
儿子就要考大学了
挣够那笔不菲的学费你就回家

像一只蜘蛛　一根命运的绳索
把你悬在岁月里

旧单车

摁响生锈的车铃　再置身局外
让手刹失灵的旧单车
滑向生活的低处
因躲闪不及
岁月　还原了一场简单的车祸

潜意识的一声尖叫后
是倒下　是左腿骨折
疼　蔓延至全身
我相信这辆旧单车某个部位也受到了损伤
这辆旧单车　等同于
一个打工人卑微的身躯
撞倒在路边　他们无声地各自抚摸着伤痛

多年后
仍未停止转动的车轮
随着惯性　慢慢退出记忆

逃票的人

我必须弯下身子　以系鞋带之名
为座椅下那个逃票的人
系紧胆怯

不知道他从哪里来要到哪里去
一只蛇皮袋一套褪了色的厂服
像一只孤独的鼠
把自己藏进岁月的角落里
屏住呼吸

火车默默地从一个城市穿过
另一个城市　窗外的灯火
一闪而过

到达一个无名小站
什么时候他已从座椅底下钻出来
下车时回头投过来感激的一笑
多像我乡下的父亲

火车又继续前行　没有人知道
他的去向与命运

一根鞋带松松紧紧　我真的不敢解开
几年前那个慌张的背影

暂住证

母亲守着颓废的老屋
而我已在异乡多年

曾经熟悉的面孔变得模糊
叫得上名字　回应的还有多少
那个反剪双手的人
越走越远

十四年后　我回来
无意间掏出暂住证
我不知道自己到底是在哪里　暂住
哪里才是我最后的家园

多余的字

广州购书中心　那个蓬头垢面
蹲在书柜前的人
仿佛是从某本书中的某个句子
删除的
一个多余的字
一个似乎随便放在哪个句子里
都是一样的命运
的人

像站在摇晃着的脚手架上的那人
像悬空清洗幕墙的那人
像在地底挖掘地桩的那人
像突然喊出一个名字
却没有人应答的
那人

一个多余的字　小心地
生活在开发区的某出租屋里
多年了

汇款单

在邮局一个最偏僻的角落
填写一张汇款单
长长的收款人地址像一条弯曲的乡间土路
多风雨也多泥泞　而收款人
像站在村头的一棵老枣树
守望着乡村岁月
你试图把汇款人地址写得轻松些
怕一粒粒沉重的汉字砸疼乡村的心

迅速填上几个羞涩而单薄的数字
仿佛自己是一个小偷　从这座城市偷走了
别人的什么　一转身
消失在人行天桥的另一面

晾衣绳

一根绷紧的神经
承担着　怎样的命运

咸渍的工装
汗腻的袜子
惘然失意以及　痛
一条岁月的路
阳光也走得那么
无奈与艰辛
把湿漉漉的思绪挂起
让不顺心的事
一点点滴落

这是异乡的工业区
一根细细的晾衣绳
在兀自诉说着
一件件不为人知的故事

站角的师傅

站角的师傅
我只能以一种粗线条方式
来描述你的异乡生活

你手中的瓦刀　在泥水里
始终保持着凌厉
你弯腰的背影
如一根受屈的骨头
被白炽灯狠狠地啃噬
已算不出你垒砌过多少砖块
一只沉重的线坠　垂下岁月

站在耸起的大厦前
我看见　你干渴的嘴唇
一碗水　将一座大楼扳倒

中风的人

瘦弱的身子　被一缕
异乡的风入侵
中风的人
嘴里吐出的
都是错字　或
别字
包括一口地道的鄂南方言
满肚子委屈与艰辛
已无法向岁月
表述清楚
站在脚手架上
你仿佛就是一个错别字

手中　长长的线垂
试图救起
一个语言沦陷的人

病　历

不是日记　不是
编年史

感冒　胃炎　中风
砸伤　刺伤　撞伤　扭伤
焊花烫伤

薄薄的十页病历
作为个人隐私
我从没示人

这些受伤后
留在身上的烙印
也没对母亲说起

十年　二十年　三十年后
每一处疤痕
就当作　一个人
生活过的遗址

一滴咸的雨

雨下着　看不清这群人的脸
他们正在抢修损坏的路面
似乎没有躲避的意思　即使躲避
又能避到哪里
在这座别人的城市
怎能躲过一场突然降临的雨呢
绕过的车辆
溅起的积水几乎将他们淹没

一滴雨从窗口飘进来
落在了我的嘴角　咸咸的
像汗滴

这场雨和 2001 年广州昌岗中路的
那场雨　一模一样
我还站在那雨里

请不要在东莞的地图上找我

中堂　石排　大岭山　厚街
常平　凤岗　虎门　樟木头
十八年　长安
却无法安定下来
东莞像一片巨大的南方阔叶榕
我像一只蚂蚁
在上面流浪　穿行

为了避开查暂住证的人
我躲进浓密的甘蔗林
甜甜的甘蔗　咀嚼不出
一丝生活的甜味
石龙火车站　搬运的货物
无法卸下心头半点的
痛
五金厂的焊花灼伤过我的左眼
国泰大厦工地　一枚生锈的铁钉
将我深深刺疼
中堂镇一间私人诊所
花去我大半的积蓄
也无法治愈我那只几乎坏死的胃

我再也提不起
南方生活的胃口

像一片落叶　今夜
带着一缕微凉的风　我走了
请不要在东莞的地图上找我

距　离

故乡离异乡很近
只隔着一个电话号码的距离
按下几个简单的数字
就听见了母亲的笑声
和她的咳嗽声

故乡离异乡很近
只隔着一个梦的距离
拖着疲惫的身子躺在床上
就梦见了那一片扬花的水稻
和那满满一树红红的水蜜桃

故乡离异乡很近
只隔着一张火车票的距离
转两小时颠簸的中巴
就看见小花狗
远远地朝我奔来
就看见父亲开门迎我

故乡离异乡很近
只隔着
一颗泪的距离

回 家

一千八百里铁轨
是母亲菜园里一条长长的
红薯藤　我像一只蚂蚁
趁夜色　悄悄
爬回家

车窗外一片漆黑　除了远处
偶尔闪过的几盏灯火
我感觉到
离村庄越来越近了
离父亲越来越近了
离母亲越来越近了

此刻　他们也许正坐在火炉旁
一边用吹火筒撩拨
炉里的木柴　一边扭头
朝门外长时间地望上一眼
也许就这样相互对坐着不说一句话
忘了时间忘了冷
甚至忘了病痛
父亲偶尔的一声咳嗽

冻结在空气里

11 个小时的颠簸　我不敢
跨过检票口
怕检票员的剪刀
在我心上　留下一处
永久的疼

图书在版编目（ＣＩＰ）数据

约等于故乡 / 牧风著. -- 武汉：长江文艺出版社，2018.9
ISBN 978-7-5702-0583-7

Ⅰ. ①约… Ⅱ. ①牧… Ⅲ. ①诗集－中国—当代
Ⅳ. ①I227

中国版本图书馆 CIP 数据核字(2018)第 200347 号

责任编辑：谈　骁　　　　　　　责任校对：陈　琪
封面设计：江逸思　　　　　　　责任印制：邱　莉　　王光兴

出版：　长江出版传媒　　长江文艺出版社

地址：武汉市雄楚大街 268 号　　　邮编：430070
发行：长江文艺出版社
电话：027—87679360
http://www.cjlap.com
印刷：武汉福成启铭彩色包装印刷有限公司

开本：880 毫米×1230 毫米　　1/32　　印张：6.375　插页：2 页
版次：2018 年 9 月第 1 版　　　　2018 年 9 月第 1 次印刷
行数：3600 行

定价：36.00 元